Impressum:

Bibliografische Information der Deutschen Bibliothek:
Die deutsche Bibliothek verzeichnet diese Publikation in der Deutschen Nationalbibliografie; detaillierte bibliografische Daten sind im Internet über http://dnb.ddb.de abrufbar.

ISBN: 978-3-938193-43-3

Herausgeber: Yvonne Schwarzer
Grafische Bearbeitung: Britta Baumann
Druck und buchbinderische Verarbeitung: GGP Media GmbH, Pößneck

Reprint
Text und Abbildungen der vorliegenden Ausgabe folgen der Originalausgabe: Wilhelm Busch, Maler Klecksel. Verlegt bei Fr. Bassermann München, 1908. Orthographie und Interpunktion folgen ebenfalls der Ausgabe von 1908.

Kostenloses Treuegeschenk für boesner-Kunden

Maler

Klecksel

von

Wilhelm Busch.

44stes bis 4[illegible]stes Tausend.

München.

Verlag von Fr. Bassermann.

1908.

Druck von Knorr & Hirth in München, G. m. b. H.

Erstes Capitel.

Das Reden thut dem Menschen gut,
Wenn man es nämlich selber thut;
Von Angstprodukten abgesehn,
Denn so etwas bekommt nicht schön.

Die Segelflotte der Gedanken,
Wie fröhlich fährt sie durch die Schranken
Der aufgesperrten Mundesschleuse
Bei gutem Winde auf die Reise
Und steuert auf des Schalles Wellen
Nach den bekannten offnen Stellen
Am Kopfe, in des Ohres Hafen
Der Menschen, die mitunter schlafen.

Vor Allen der Politikus
Gönnt sich der Rede Vollgenuß;
Und wenn er von Was sagt, so sei's,
Ist man auch sicher, daß er's weiß.

Doch Andern, darin mehr zurück,
Fehlt dieser unfehlbare Blick.
Sie lockt das zartere Gemüth
In's anmuthreiche Kunstgebiet,
Wo grade, wenn man nichts versteht,
Der Schnabel um so leichter geht.

Fern liegt es mir, den Freund zu rügen,
Dem, Thee zu kriegen, ein Vergnügen
Und im Salon mit geistverwandten,
Aesthetisch durchgeglühten Tanten
Durch Reden bald und bald durch Lauschen
Die Seelen säuselnd auszutauschen.
Auch tadl' ich Keinen, wenn's ihn giebt,
Der diese Seligkeit nicht liebt,
Der keinen Thee mag selbst von Engeln,
Dem's da erst wohl, wo Menschen drängeln.
Ihn fährt die Droschke, zieht das Herz
Zu schönen Opern und Konzerts,
Die auch im Grund, was nicht zu leugnen,
Zum Zwiegespräch sich trefflich eignen.
Man sitzt gesellig unter Vielen
So innig nah auf Polsterstühlen,
Man ist so voll humaner Wärme,
Doch ewig stört uns das Gelärme,
Das Grunzen, Blärren und Gegirre
Der musikalischen Geschirre,
Die eine Schaar im schwarzen Fracke
Mit krummen Fingern, voller Backe,
Von Meister Zappelmann gehetzt,
Hartnäckig in Bewegung setzt.
So kommt die rechte Unterhaltung
Nur ungenügend zur Entfaltung.

Ich bin daher, statt des Gewinsels,
Mehr für die stille Welt des Pinsels.
Und, was auch einer sagen mag,
Genußreich ist der Nachmittag,
Den ich inmitten schöner Dinge
Im lieben Kunstverein verbringe;
Natürlich meistentheils mit Damen.
Hier ist das Reich der goldnen Rahmen.

Hier herrschen Schönheit und Geschmack,
Hier riecht es angenehm nach Lack;
Hier giebt die Wand sich keine Blöße,
Denn Prachtgemälde jeder Größe
Bekleiden sie und warten ruhig,
Bis man sie würdigt, und das thu ich.
Mit scharfem Blick, nach Kennerweise,
Seh ich zunächst mal nach dem Preise,
Und bei genauerer Betrachtung
Steigt mit dem Preise auch die Achtung.
Ich blicke durch die hohle Hand,
Ich blinzle, nicke: „Ah scharmant!
„Das Kolorit, die Pinselführung,
„Die Farbentöne, die Gruppirung,
„Dies Lüster, diese Harmonie,
„Ein Meisterwerk der Phantasie.
„Ach, bitte, seh'n Sie nur, Komteß!"
Und die Komteß, sich unterdeß
Im duftigen Battiste schneuzend,
Erwidert schwärmrisch: „Oh, wie reizend!"

Und wahrlich! Preis und Dank gebührt
Der Kunst, die diese Welt verziert.

Der Architekt ist hochverehrlich,
(Obschon die Kosten oft beschwerlich,)
Weil er uns uns're Erdenkruste,
Die alte, rauhe und berußte,
Mit saubern Baulichkeiten schmückt,
Mit Thürmen und Kasernen spickt.

Der Plastiker, der uns ergötzt,
Weil er die großen Männer setzt,
Grauschwärzlich, grünlich oder weißlich,
Schon darum ist er löb- und preislich,
Daß Jeder, der z. B. fremd,
Soeben erst vom Bahnhof kömmt,

In der ihm unbekannten Stadt
Gleich den bekannten Schiller hat.

Doch größern Ruhm wird der verdienen,
Der Farben kauft und malt mit ihnen.

Wer weiß die Hallen und dergleichen
So welthistorisch zu bestreichen,
Alfresko und für ewig fast,
Wenn's mittlerweile nicht verblaßt?
Wer liefert uns die Genresachen,
So rührend oder auch zum Lachen?
Wer schuf die grünen Landschaftsbilder,
Die Wirthshaus- und die Wappenschilder?
Wer hat die Reihe deiner Väter
Seit tausend Jahren oder später
So meisterlich in Oel gesetzt?
Wer wird vor allen hochgeschätzt?
Der Farbenkünstler! Und mit Grund!
Er macht uns diese Welt so bunt.

Darum, o Jüngling, fasse Muth;
Setz auf den hohen Künstlerhut
Und wirf dich auf die Malerei;
Vielleicht verdienst du was dabei!

Nach diesem ermunterungsvollen Vermerke
Fahren wir fort im löblichen Werke.

Zweites Capitel.

Nachdem die Welt so manches Jahr
Im alten Gleis gegangen war,
Erfuhr dieselbe unvermuthet,
Daß, als der Wächter zwölf getutet,
Bei Klecksels, wohnhaft Nr. 3,
Ein Knäblein angekommen sei. —
Bald ist's im Kirchenbuch zu lesen;
Denn wer bislang nicht dagewesen,
Wer so als gänzlich Unbekannter,
Nunmehr als neuer Anverwandter
Ein glücklich Elternpaar besucht,
Wird flugs verzeichnet und gebucht.
Kritzkratz! Als kleiner Weltphilister
Steht Kuno Klecksel im Register. —

Früh zeigt er seine Energie,

Indem er ausdermaßen schrie;
Denn früh belehrt ihn die Erfahrung:
Sobald er schrie, bekam er Nahrung.

Dann lutscht er emsig und behende,

Bis daß die Flüssigkeit zu Ende.

Auch schien's ihm höchst verwundersam,
Wenn Jemand mit der Lampe kam.
Er staunt, er glotzt, er schaut verquer,
Folgt der Erscheinung hin und her

Und weidet sich am Lichteffekt.
Man sieht bereits, was in ihm steckt.

Schnell nimmt er zu, wird stark und feist
An Leib nicht minder wie an Geist
Und zeigt bereits als kleiner Knabe

Des Zeichnens ausgeprägte Gabe.
Zunächst mit einem Schieferstiele
Macht er Gesichter im Profile;

Zwei Augen aber fehlen nie,
Denn die, das weiß er, haben sie.
Durch Uebung wächst der Menschenkenner.
Bald macht er auch schon ganze Männer,
Und zeichnet fleißig, oft und gern
Sich einen wohlbeleibten Herrn.

Und nicht nur, wie er außen war,
Nein, selbst das Innre stellt er dar.

Hier thront der Mann auf seinem Sitze
Und ißt z. B. Hafergrütze.
Der Löffel führt sie in den Mund,
Sie rinnt und rieselt durch den Schlund,
Sie wird, indem sie weiterläuft,
Sichtbar im Bäuchlein angehäuft. —

So blickt man klar, wie selten nur,
In's innre Walten der Natur. —

Doch ach! wie bald wird uns verhunzt
Die schöne Zeit naiver Kunst;
Wie schnell vom elterlichen Stuhle
Setzt man uns auf die Bank der Schule!

Herr Bötel nannte sich der Lehrer,
Der seinerseits kein Kunstverehrer,
Mehr auf das Praktische beschränkt,
Dem Kuno seine Studien lenkt.

Einst an dem schwarzen Tafelbrett

Malt Kuno Böteln sein Portrett.

Herr Bötel, der es nicht bestellt,
Auch nicht für sprechend ähnlich hält,

Schleicht sich herzu in Zornerregung;
Und unter heftiger Bewegung
Wird das Gemälde ausgeputzt.

Der Künstler wird als Schwamm benutzt.

Bei Kuno ruft dies Ungemach
Kein Dankgefühl im Busen wach.

Ein Kirchenschlüssel, von Gestalt
Ehrwürdig, rostig, lang und alt,
Durch Kuno hinten angefeilt,
Wird fest mit Pulver vollgekeilt.
Zu diesem ist er im Besitze
Von einer oft erprobten Spritze;
Und da er einen Schlachter kennt,
Füllt er bei ihm sein Instrument.

Die Nacht ist schwarz, Herr Bötel liest.

Bums! hört er, daß man draußen schießt.

Er denkt: was mag da vor sich gehn?

Ich muß mal aus dem Fenster sehn.
Es zischt der Strahl, von Blut geröthet;

Herr Bötel ruft: „Ich bin getödtet!“

Mit diesen Worten fällt er nieder

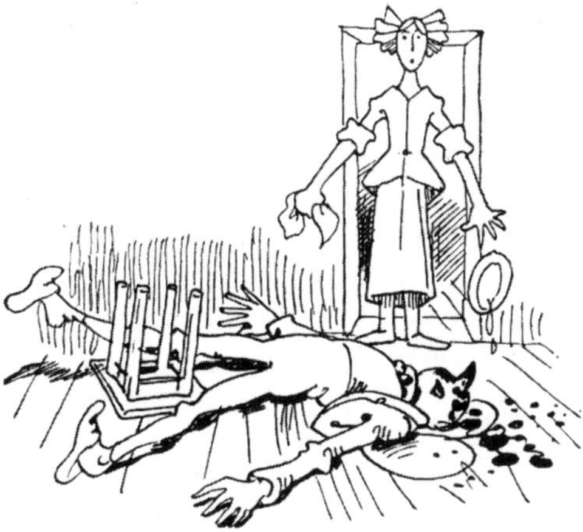

Und streckt die schreckgelähmten Glieder.
Frau Bötel war beim Tellerspülen;
Sie kommt und schreit mit Angstgefühlen:
„Ach Bötel! lebst du noch, so sprich!"

„Kann sein! — sprach er. — Man wasche mich".

Bald zeigt sich, wie die Sache steht
Herr Bötel lebt und ist complet.
Er ruft entrüstet und betrübt:

„Das hat der Kuno ausgeübt!“ —

Wenn wer sich wo als Lump erwiesen,
So bringt man in der Regel diesen
Zum Zweck moralischer Erhebung
In eine andere Umgebung.
Der Ort ist gut, die Lage neu,
Der alte Lump ist auch dabei. —

Nach diesem schon öfters erprobten Vermerke
Fahren wir fort im löblichen Werke.

Drittes Capitel.

Alsbald nach dieser Spritzaffäre
Kommt unser Kuno in die Lehre
Zum braven Malermeister Quast;

Ein Mann, der seine Kunst erfaßt,
Ein Mann, der trefflich tapeziert
Und Ofennischen marmorirt,
Und dem für künstlerische Zwecke
Erreichbar selbst die höchste Decke.

Der Kunstbetrieb hat seine Plagen.

Viel Töpfe muß der Kuno tragen.
Doch gerne trägt er einen Kasten
Mit Vesperbrod für sich und Quasten.

Es fiel ihm auf, daß jeder Hund
Bei diesem Kasten stille stund.

Ei! — denkt er — das ist ja famos!

Und macht den Deckel etwas los.

Ein Täckel, der den Deckel lupft,

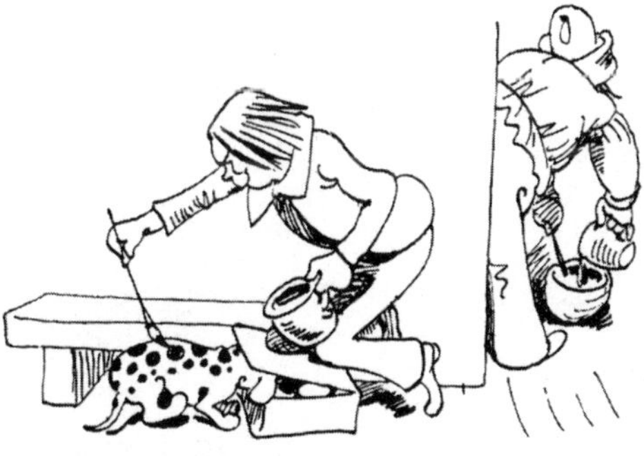

Wird eingeklemmt und angetupft,
So daß er buntgefleckelt ward,
Fast wie ein junger Leopard.

Ein Windspiel, das des Weges läuft

Und naschen will, wird quer gestreift;
Es ist dem Zebra ziemlich ähnlich,
Nur schlanker, als wie dies gewöhnlich.

Ein kleiner Bulldogg, der als Dritter
Der Meinung ist, daß Wurst nicht bitter,

Wird reizend grün und gelb karrirt,
Wie's einem Inglischmän gebührt.

Ungern bemerkt dies Meister Quast.

Ihm ist die Narretei verhaßt;
Er liebte keine Zeitverschwendung
Und falsche Farbestoffverwendung.
Er schwieg. Doch als die Stunde kam,
Wo man die Vespermahlzeit nahm,
Da sprach er mild und guten Muthes:

„Ein guter Mensch kriegt auch was Gutes!“

Er schnitt vom Brod sich einen Fladen.

Der Kuno wird nicht eingeladen.

Er greift zur Wurst. Er löst die Haut.
Der Kuno steht dabei und schaut.

Die Wurst verschwindet allgemach.

Der Kuno blickt ihr schmachtend nach. —

Die Wurst verschwand bis auf die Schläue.

Der Kuno weint der Thränen zweie.

Doch Meister Quast reibt frohbedächtig

Den Leib und spricht: „Das schmeckte prächtig!
Heut Abend laß ich Nichts mehr kochen!" —

Er hält getreu, was er versprochen;
Geht ein durch seine Kammerpforte
Und spricht gemüthlich noch die Worte:

„Sei mir willkommen, süßer Schlaf!
Ich bin zufrieden, weil ich brav!"

Der Kuno denkt noch nicht zu ruhn.
Er hat was Wichtiges zu thun.

Zunächst vor jeder andern That
Legt er sein Ränzel sich parat.
Sodann erbaut er auf der Diele
Aus Töpfen, Gläsern und Gestühle
Ein Werk im Stil der Pyramiden
Zum Denkmal, daß er abgeschieden;
Apart jedoch von der Verwirrniß
Stellt er den Topf, gefüllt mit Firniß;
Zuletzt ergreift er, wie zur Wehre,

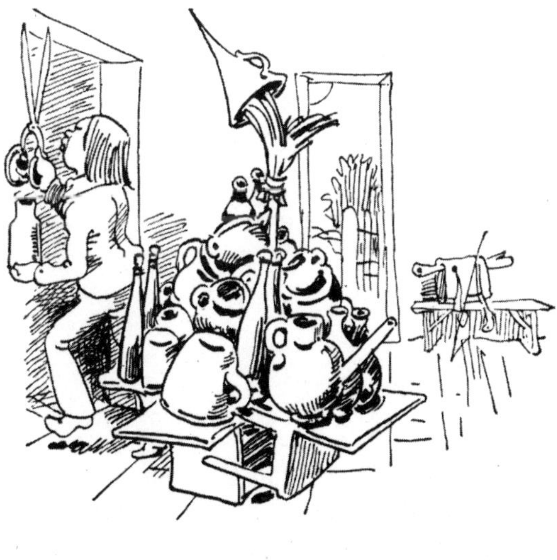

Die mächtige Tapetenscheere.

Quaſt's Deckbett iſt nach altem Brauch
Ein ſtramm geſtopfter Federſchlauch.
Mit einem langen leiſen Schnitte

Schlitzt es der Kuno in der Mitte.

Raſch leert er jetzt den Firnißtopf
Auf Quaſtens ahnungsloſen Kopf.

Quast fährt empor voll Schreck und Staunen,

Greift, schlägt und tobt und wird voll Daunen.

Er springt hinaus in großer Hast,

Von Ansehn wie ein Vogel fast,

Und stößt mit schrecklichem Rumbum
Die neuste Pyramide um.

Froh schlägt das Herz im Reisekittel,
Vorausgesetzt, man hat die Mittel.

Nach diesem ahnungsvollen Vermerke
Fahren wir fort im löblichen Werke.

Viertes Capitel.

Recht gern empfängt die Musenstadt
Den Fremdling, welcher etwas hat. —
Kuno ist da. Gedankentief
Verfaßt derselbe diesen Brief:

„Geehrter Herr Vater! Bei Meister Quast
„Hat es mir leider nicht recht gepaßt.
„Seit vorigen Freitag bin ich allhie,
„Um zu besuchen die Akademie.
„Geld hab ich bereits schon gar nicht mehr.
„Um solches, o Vater, ersuch ich Euch sehr.
„Logiren thu ich auf hartem Gestrüppe.
„Euer Sohn, das Hunger- und Angstgerippe."

Der Vater, kratzend hinter'm Ohr,
Sucht hundert Gulden bang hervor.
Eindringlich warnend vor Verſchwendung,
Macht er dem Sohn die ſchwere Sendung.

Jetzt hat der Kuno Geld in Maſſe.

Stolz geht er in die Zeichenklaſſe.
Von allen Schülern, die da ſitzen,
Kann Keiner ſo den Bleiſtift ſpitzen.
Auch ſind nur Wenige dazwiſchen,
Die ſo wie er mit Gummi wiſchen.
Und im Schraffiren, was das Schwerſte,
Da wird er unbedingt der Erſte.

Jedoch zunacht, wenn er sich setzte,
Beim Schimmelwirth, blieb er der Letzte.

Mit Leichtigkeit genießt er hier
So seine ein zwei drei Glas Bier.

Natürlich, da er so vorzüglich,
Sitzt er zu Ostern schon vergnüglich
Im herrlichen Antikensaale,
Dem Sammelplatz der Ideale.

Der Alten ewig junge Götter —
Wenn Mancher auch in Wind und Wetter

Und sonst durch allerlei Verdrieß
Kopf, Arm und Bein im Stiche ließ —
Ergötzen Kuno unbeschreiblich;
Besonders, wenn die Götter weiblich.

Er ahmt sie nach in schwarzer Kreide.

Doch kann er sich auch diese Freude
An schönen Sommernachmittagen,
Wenn's grade nöthig, mal versagen
Und eilt mit brennender Havannah
Zum Schimmelwirth zu der Susanna.

Hier in des Gartens Lustrevier
Trinkt er so zwei drei vier Glas Bier.
Daher man denn auch bald erfuhr,
Der Klecksel malt nach der Natur.

Am linken Daumen die Palette,
Steht er schon da vor seinem Brette
Und malt die alte Runzeltante,
Daß sie fast jeder wiederkannte.

Doch eh die Abendglocke klang,
Macht er den hergebrachten Gang

Zur Susel und vertilgt bei ihr
So seine vier fünf sechs Glas Bier.

Da eines Abends sagt ganz plötzlich,
Grad als der Kuno recht ergötzlich,
Dies sonst so nette Frauenzimmer:

„Jetzt zahlen, oder Bier gibt's nimmer!"
Ach! reines Glück genießt doch nie,
Wer zahlen soll und weiß nicht wie!

Nach diesem mit Wehmuth gemachten Vermerke
Fahren wir fort im löblichen Werke.

Fünftes Capitel.

Ganz arglos auf dem Schillerplatzel

Geht Kuno's Freund, der Herr v. Gnatzel,
Ein netter Herr, ein lieber Mann.

Der Kuno pumpt ihn freudig an.

Freund Gnatzel's Züge werden schmerzlich.
Er spricht gerührt: „Bedaure herzlich!
Recht dumm! Vergaß mein Portemonnaie!

Geduld bis morgen früh! Adieu!"
Von nun an ist es sonderbar,
Wie Gnatzel schwer zu treffen war.

Oft naht sich dieser Freund von ferne,
Und Kuno grüßte ihn so gerne;

Doch kommt er nie zu seinem Zwecke;

Freund Gnatzel biegt um eine Ecke.

Oft sucht ihn Kuno zu beschleichen,
Um ihn von hinten zu erreichen;

Freund Gnatzel merkt es aber richtig,
Grad so, als ob er hintersichtig,

Schlüpft in die Droschke mit Geschick

Und läßt den Kuno weit zurück.

Der Kuno blickt in eine Schenke.

Sieh da! Freund Gnatzel beim Getränke!

Doch schnell entschlüpft er dem Lokal

Durch's Hinterpförtchen, wie ein Aal. —

Der Kuno sieht in dieser Noth
Nur noch ein einzig Rettungsboot.
Er hat, von Schaffensdrang erfüllt,
Verfertigt ein historisch Bild:

Wie Bertold Schwarz vor zwei Sekunden
Des Pulvers große Kraft erfunden.
Dies Bildniß soll der Retter sein.
Er bringt es auf den Kunstverein.

Leicht kommt man an das Bildermalen,
Doch schwer an Leute, die's bezahlen.
Statt ihrer ist, als ein Ersatz,
Der Kritikus sofort am Platz.

Nach diesem, ach leider! so wahren Vermerke
Fahren wir fort im löblichen Werke.

Sechstes Capitel.

In selber Stadt ernährte sich

Ganz gut ein Dr. Hinterstich
Durch Kunstberichte von Bedeutung
In der von ihm besorgten Zeitung,
Was manchem das Geschäft verdirbt,
Der mit der Kunst sein Brod erwirbt.

Dies Blatt hat Kleckſel mit Behagen
Von jeher eifrig aufgeſchlagen.
Auch heute hält er's in der Hand
Und iſt auf den Erfolg geſpannt.

Wie düſter wird ſein Blick umnebelt!
Wie hat ihn Hinterſtich vermöbelt!

Sogleich in eigener Perſon
Fort ſtürmt er auf die Redaction.

Des Autors Phyſiognomie
Bedroht er mit dem Paraplü.

Der Kritikus, in Zornekstase,

Spießt mit der Feder Kuno's Nase:

Ein Stich, der um so mehr verletzt,
Weil auch zugleich die Tinte ätzt.

Stracks wird der Regenschirm zur Lanze.

Flugs dient der Tisch als eine Schanze.

Vergeblich ist ein hoher Stoß;

Auch bleibt ein tiefer wirkungslos.

Jetzt greift der Kritikus voll Haß
Als Wurfgeschoß zum Tintenfaß.

Jedoch der Schaden bleibt gering,
Weil ihn das Paraplü empfing.

Der Kritikus braucht eine Finte.

Er zieht den Kuno durch die Tinte.

Der Tisch fällt um. Höchst penetrant

Wirkt auf das Augenlicht der Sand.

Indessen zieht der Kuno aber

Den Bleistift Numro 5 von Faber;
Und Hinterstich, der sehr rumort,

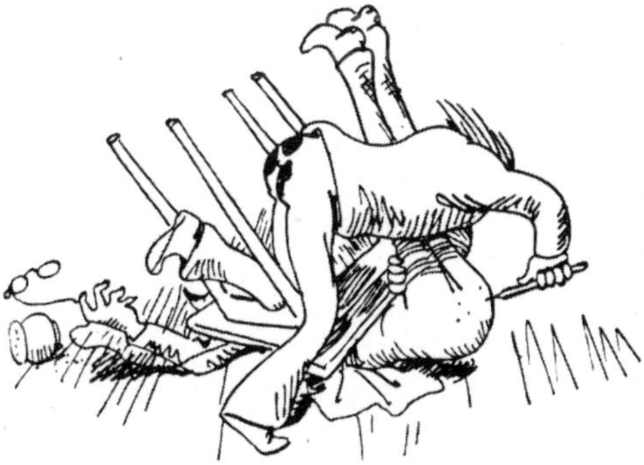

Wird mehrfach peinlich angebohrt.

Der Kuno, seines Sieges froh,
Verläßt das Redactionsbureau.

Ein rechter Maler, klug und fleißig,
Trägt stets 'n spitzen Bleistift bei sich.

Nach diesem beherzigenswerthen Vermerke
Fahren wir fort im löblichen Werke.

Siebentes Capitel.

So ist denn also, wie das vorige
Ereigniß lehrt, die Welthistorie
Wohl nicht das richtige Gebiet,
Wo Kuno's Ruhm und Nutzen blüht.
Vielleicht bei näherer Bekanntschaft
Schuf die Natur ihn für die Landschaft,
Die jedem, der dazu geneigt,
Viel nette Aussichtspunkte zeigt.

Z. B. dieses Felsenstück
Gewährt ihm einen weiten Blick.

Wer kommt denn über jenen Bach?

Das ist das Fräulein von der Ach,
Vermögend zwar, doch etwas ältlich,
Halb geistlich schon und halb noch weltlich,
Lustwandelt sie mit Seelenruh
Und ihrem Spitz dem Kloster zu.

Zwei Hunde kommen angehüpft,
Die man durch eine Schnur verknüpft.

Der Spitz, gar ängstlich, retirirt,

Das gute Fräulein wird umschnürt.

Der Spitz enteilt, die Hunde nach;

Mit ihnen Fräulein von der Ach.

Der Kuno springt von seinem Steine.

Ein Messerschnitt zertrennt die Leine.

Der Kuno zeigt sich höchst galant.

Das Fräulein fragt, eh sie verschwand:
„Darf man Ihr Atelier nicht sehn?" —

„Holzgasse 5." — „Ich danke schön!" —

Vielleicht daß diese gute That
Recht angenehme Folgen hat!

Nach diesem hoffnungsvollen Vermerke
Fahren wir fort im löblichen Werke.

Achtes Capitel.

Sie blieb nicht aus. Sie kam zu ihm.
Hold lächelnd sprach sie und intim:
„Mein werther Freund! Seit längst erfüllt
Mich schon der Wunsch, ein lieblich Bild
Zu stiften in die Burgkapelle,
Was ich bei Ihnen nun bestelle.
So legendarisch irgendwie.
Vorläufig dies für Ihre Müh!"

Mit sanftem Druck legt sie in seine
Entzückte Hand zwei größre Scheine. —

Der Kuno, fremd in der Legende,
Verwendet sich zu diesem Ende
An einen grundgelehrten Greis,
Der folgende Geschichte weiß:

Der kühne Ritter

und

der greuliche Lindwurm.

Es kroch der alte Drache
Aus seinem Felsgemache
Mit grausigem Randal.
All' Jahr ein Mägdlein wollt' er,
Sonst grollt er und radollt er,
Fraß alles ratzekahl.

Was kommt da aus dem Thore
In schwarzem Trauerflore
Für eine Prozession?
Die Königstochter Irme
Bringt man dem Lindgewürme,
Das Scheusal wartet schon.

Hurrah! Wohl aus dem Holze
Ein Ritter keck und stolze
Sprengt wie ein Wettersturm.
Er sticht dem Unthier schnelle
Durch seine harte Pelle;
Todt liegt und schlapp der Wurm.

Da sprach der König freudig:
„Wohlan Herr Ritter schneidig,
Setzt euch bei uns zur Ruh.
Ich geb euch sporenstreiches
Die Hälfte meines Reiches,
Mein Töchterlein dazu!“

„Mau, mau!“ so rief erschrocken
Mit aufgesträubten Locken
Der Ritter stolz und keck.
„Ich hatte schon mal Eine,
Die sitzt mir noch im Beine!
Ade!“ und ritt um's Eck.

O, altes blaues Wunder!
Da han wir doch jetzunder
Mehr Herz im Kamisol.
Wir ziehen unsre Kappe
Vor solchem Schwiegerpappe
Und sprechen: Ei jawohl!

Der Stoff ist Kuno sehr willkommen,
Die zweite Hälfte ausgenommen,
Um ihn mit Kohle zu skizziren
Und dann in Farben auszuführen. —

Gar oft erfreut das Fräulein sich
An Kuno's kühnem Kohlenstrich,
Obgleich ihr eigentlich nicht klar,
Wie auch dem Künstler, was es war.
Wie's scheint, will ihm vor allen Dingen
Das Bild der Jungfrau nicht gelingen.
„Nur schwach, Natur, wirst Du verstanden,"
Seufzt er — „wenn kein Modell vorhanden!"

„Kann ich nicht dienen?" lispelt sie.
„Schön!" — rief er, — „Mittwoch in der Früh!"

Als nun die Abendglocke schlug,
Zieht ihn des Herzens tiefer Zug
Zum Schimmelwirth, wie ehedem;
Und Susel macht sich angenehm.
Denn alte Treu, sofern es nur
Rentabel ist, kommt gern retour.

Ja, dies Verhältniß hier gedieh
Zu ungeahnter Harmonie. —

Mit zweeen Herrn ist schlecht zu kramen;
Noch schlechter, fürcht ich, mit zwo Damen.

Nach diesem mit Zittern gemachten Vermerke
Fahren wir fort im löblichen Werke.

Neuntes Capitel.

Es war im schönen Carneval,
Wo, wie auch sonst und überall,
Der Mensch mit ungemeiner List
Zu scheinen sucht, was er nicht ist.

Dem Kuno scheint zu diesem Feste
Ein ritterlich Gewand das beste.

Schön Suschen aber schwebt dahin
Als holdnaive Schäferin.

Schon schwingt das Bein, das graziöse,
Sich nach harmonischem Getöse
Bei staubverklärtem Lichterglanze

Im angenehmsten Wirbeltanze. —

Doch ach! die schöne Nacht verrinnt,
Der Morgen kommt; kühl weht der Wind.

Zwei Menschen wandeln durch den Schnee
Vereint in Kuno's Atelier.

Und hier besiegeln diese zwei

Sich dauerhafte Lieb und Treu. —

Hoch ist der Liebe süßer Traum
Erhaben über Zeit und Raum. —
Der Kuno, auch davon betäubt,
Vergaß, daß man heut Mittwoch schreibt.
Es rauscht etwas im Vorgemach.
Oh weh! das Fräulein von der Ach!
„Herzallerliebster Schatz, allons!

Verbirg dich hinter dem Karton!"

„Willkommen, schönste Gönnerin!

Hier, bitte, treten Sie mal hin!"
Begonnen wird das Konterfei.

Der Spitz schaut hinter die Stafflei.

Der Künstler macht sein Sach genau.

Der Spitz, bedenklich, macht wau, wau!

Entrüstet aber wird der Spitz
Infolge eines Seitentritts.

Die Haare sträuben sich dem Spitze.

Die Staffel schwankt. Ausrutscht die Stütze;
Und mit Gerassel wird enthüllt

Der Schäferin verschämtes Bild.

Nach dieser Krisis, wie ich bemerke,
Geht es zu End' mit dem löblichen Werke.

Schluß.

Hartnäckig weiter fließt die Zeit;
Die Zukunft wird Vergangenheit.
Von einem großen Reservoir
In's andre rieselt Jahr um Jahr;
Und aus den Fluthen taucht empor
Der Menschen bunt gemischtes Corps.
Sie plätschern, traurig oder munter,
'n Bissel 'rum, dann gehen's unter
Und werden, ziemlich abgekühlt,
Für längre Zeit hinweggespült. —

Wie sorglich blickt das Aug' umher!
Wie freut man sich, wenn der und der,
Noch nicht versunken oder matt,
Den Kopf vergnügt heroben hat.

Der alte Schimmelwirth ist todt.

Ein neuer trägt das Reichskleinod.

Derselbe hat, wie seine Pflicht,
Dies Inserat veröffentlicht:

Kund sei es dem hohen Publiko,
Daß meine Frau Suse, deß bin ich froh,
Hinwiederum eines Knäbleins genesen.
Als welches bis Dato das fünfte gewesen.
Viel Gutes bringet der Jahreswechsel
Dem Schimmelwirthe — Kuno Kleckfel. —

So thut die vielgeschmähte Zeit
Doch mancherlei, was uns erfreut;
Und, was das Beste, sie vereinigt
Selbst Leute, die sich einst gepeinigt. —

Das Fräulein freilich, mit erboster
Entsagung, ging vorlängst in's Kloster.
Doch Bötel, wenn er in den Ferien
Die Stadt besucht und Angehörigen,
Und Meister Quast, der allemal
Von hier entnimmt sein Material,
Wie auch der vielgewandte Gnatzel,
(Jetzt schon bedeckt mit einer Atzel)
Ja, selbst der Dr. Hinterstich,
Dem alter Groll nicht hinderlich,

Sie alle trinken unbeirrt
Ihr Abendbier beim Schimmelwirth. —

Oft sprach dann Bötel mit Behagen:
„Herr Schimmelwirth! ich kann wohl sagen:

Wär nicht die rechte Bildung da,
Wo wären wir? Jajajaja!!"

Nach diesem von Bötel gemachten Vermerk
Schließen wir freudig das löbliche Werk.